팔십년을 살아왔지만
세월은 바보처럼 생각이 없다

풀잎, 바람에 눕다

황규환 시집

한누리미디어

아침 일찍 일어나
앞산을 바라보니

산은 나를 보고
하하 웃는다

잿빛 하늘은 바람을 시켜
박수를 치게 하고

팔십년을 살아왔지만
세월은 바보처럼 생각이 없다

이화에 월백하고 은하 삼경인데
올 봄도 연둣빛으로 저만치 가나 보다

차례

3부 / 은혜의 계절 속에

4부 / 나그네의 걸음으로

차례

5부/ 그대에게

1부

●

희
망
을　향
하
여

서울을 지나며

가장
어려운 퍼즐 게임

사랑도 있고
문명도 있고
밝은 곳도
어두운 곳이 있지만
아무리 맞춰 봐도
내가 살만한 곳은 아무 곳도 없다

그저 오늘을 스쳐 지날 뿐

그래서
서울을 지나며 마음에 부는
겨울 바람은 더욱 시리다.

자작나무 숲

겨울을 재촉한 하얀 자작나무 숲
솔바람에 더운 알몸을 식히려
옛 기억에 계곡은 깊게 고요하고

산새라도 품고 싶어
잎이 떨어져 마른가지에
바람만 흩어지니

기다림에 지쳐 하얗게 기대서면
외로워 떨군 노란 이파리여
가슴 깊게 솟아나는 그리움이라

가는 세월이 소리 없어도
한겨울이나마 껴안고 살자
자작나무 숲에도 솔바람이 분다.

과거가 지나는 길

지금은
떠돌이가 되고 싶지 않을 뿐이야

내가 너를 불러도
그것은 아무런 의미가 없는 것이야
지난날이 그저 생각나 불러봤을 뿐이야

지금은
내가 너를 절실히 찾는다 해도
그것은 덧없는 메아리일 뿐
흘러간 과거일 뿐이야

돌이켜 생각지 말자 해도
닦고 닦아도
스미는 샘물처럼
오래도록 가슴에 스민 그리움이란 걸

망초 꽃
흐드러진 동해 바닷가에
늘 부서지며 부르는 파도소리가
외로운 수궁가처럼 들리는 해오라기난초 길.

*해오라기난초의 꽃말:
꿈에도 만나고 싶다.

잠꼬대

존재하지 않는
진실이
또 하나의 세상을 연다

장삼을 곱게 입은
학승 두 명이
만행(漫行) 중 복마(卜馬)전 들른다

수행(修行)을 통해 얻은
관조(觀照)의 미(美)가
알 듯 모를 듯 그것 또한 하나의 세상

웃음 반, 울음 반인
방언(方言)으로 잠든 세상 속으로
보이지 않는 시간 여행이다.

엄마의 하늘

추석 무렵이면
하늘은 온통 잿빛으로 높이 흐르고
자욱한 아침이면
안개거리는 꿈처럼 몽롱하다

아침부터 엄마는 생각이 많으신가 보다
쌀독은 식량이 떨어져가고
많은 자식들과 기다리는 시부모
일 나갈 남편의 입에 풀칠을 할
재료들을 생각하며
아침밥상 준비에 걱정이 끝이 없다

이른 아침 두리번거리다 토담에 머물면
애호박과 호박잎, 연한 곤드라미의 유혹과
부엌시렁에 매단 삶은 보리로 한시름을 던다

참으로 몹쓸 전쟁 후회한들
뾰족한 방법이 없어
시아비의 조그만 농사일에 희망을 삼고
엄마는 하늘에 고마운 기도를 올린다.

돌이켜 보다

연둣빛 스웨터를 즐겨 입던
청순한 시절 그녀가
지금쯤 어쩜 쪽빛 물들인
절 옷을 입고 시름을 털고 있을지도 몰라

풍경소리처럼 짧은 인생
바람 따라 소릴 내던
세월이 지나고 나면
덧없이 짧디 짧은 것

방황하고 헛된 꿈에
스스로 늙어버린 오늘처럼
차라리 비운 마음으로
조그만 행복에 긍정이며 살 것을

발버둥친 대가로
스스로 사라지는 허무에
잘못 아닌 잘못으로
오늘 따라 별빛이 더욱 맑게 보이네.

외삼촌

왕골 잎 뜯어 말아
손목시계 만들어주던 외삼촌
외삼촌의 함박웃음처럼
잘 맞던 손목시계의 짧은 세월

오누이 정이 깊어
멀다 않고 찾아주던
둘째 큰외삼촌은
엄마의 어려운 일을 모두 덜어 주었네

장작 패고, 마당 쓸고, 텃밭 갈무리에
누나를 돕는 일은 무엇이나 해줬지만
엄마의 고마움은
큰 대접 막걸리 한잔뿐
그래도 씩 웃던 외삼촌이 믿음직했다

어언 가신 지 삼십여 년
외사촌 형제들은 잘 있는지
지난 세월에 소식조차 모르는데
아련하게 스쳐오는 서글픔에
외삼촌의 너털웃음소리는 들려오고.

이별 · 1

좌선의 방에 침묵이 흘러도
먼 곳에서 울려오는 독경소리는
들리는 듯 들리지 않고
어두운 듯 밝아오니
죽비의 소리 없이
시간도
긴 호흡도 가늘게 멈춘다

의미 없이 손등에 얼룩진 검버섯
세어버린 흰 머리칼이
깊이 패인 주름살처럼
허한 인생을 노래하리라

친구를 불러보며
돌아오지 않을 세월을 노래하리라

나에게 마지막 소원은
헝클지 않는 마음으로
맑은 계곡물처럼
밤새워 흐르며 자취를 덮는 것이려니….

기도

당신을 올려보며
얼마나 많은 눈물을
흘렸는지 모릅니다

당신께 엎드려
얼마나 많은
하소연을 했는지 모릅니다

인자하신 미소와
은은한 눈길에
얼마나 많은 위로를 받으며

어두움을 모두 털어내고
환희와 광명 그리고 청정심에
다시 출발하는 걸음이 한없이 가볍습니다.

낚시터에서

고기를 낚는지
세월을 낚는지
이는 물결에 마음을 띄우고

고기를 낚는지
나를 낚는지
물그림자 위로 흐르는 구름 한 점

물비린내 번지는
조그만 저수지에는
낚싯대 던지는 소리만 평화로운데

아침연기 고요한 산골
물안개 피는 저수지 위로
잔잔한 가을햇살이 따사롭게 퍼지네.

산사에 눈이 오면

첫눈 내리는 산사에
인적도 끊기고
고요히 흐르는 정적 속을
조용히 찾아온 하얀 세상

솔숲 가지마다 눈꽃이 피면
어느새 숨어드는 동박새
숨죽인 삼층석탑이 선방에 앉은 듯
동안거에 좌선하는 스님 같다

눈이 내리면 덩달아 들뜨던
마음을 추스린 어미는
퉁퉁 부른 젖을 새끼들에게 물리니
새 생명의 안식처가 된 산사의 고요함

대웅전 앞마당에
내린 눈밭을
처음으로 밟으며
외로운 발자국이 명부전을 향하고.

정으로 싸준 도시락

평범한 날
아주 평범한 날 점심시간
정성스레 들려준 도시락을 편다

차진 잡곡밥에
무나물, 김, 계란말이
장조림, 배춧잎 된장국이다

평소 무심코 먹었던 도시락들
고마워 할 줄 몰랐던 내가
오늘 따라 무척이나 부끄럽다

정성들인 도시락 풀면
따스한 마음에 가슴이 뛰고
변함없이 숨을 쉬고 있음을

고마운 정에 뿌듯한 날
살 날이 산 날만큼은 못되어도
나머지 인생을 헛되게 보내지 않으리니.

또 하루를 기다리며

마른 강아지풀이
지난여름을 생각하며
매서운 겨울 바람을 맞고 있다

누렇게 변한 이파리들
딱딱하게 굳어버린 몸뚱아리는
화타도 고칠 수 없어

바람에 맡긴 채로 쏠리는 겨울에
내일이면 나도 병원엘 가는데
병원 가는 것 포기하고 하늘에 맡길까

고통이 없다면
그래도 좋으련만
염통은 썩는데 발톱 밑이 아프다.

술은 익는데

빈집에 들어서니
주인은 어딜 가고
가을 끝에 담근 술 익는 냄새가 향기롭다

아직 포도 넝쿨은 싱싱한데
추수 후 포도밭에는 포도가 없고
과일로 먹는 포도(거봉, 샤인 머스켓) 대신
술 담그는 포도(캠벨)만이
태양을 가린 포도 막에 농익어 간다

벌써 가을이 지나가고
한해를 마무리할 겨울이 찾아오나 보다
포도주를 담글 때 국화를 섞으면 국화향도 날까
차조기를 털며 진한 향에 가을 냄새가 짙어진다

반가운 소리
주인이 돌아오는 자동차 소리에
기다림이 짧아 좋다
가을걷이가 아직 남아 하루해가 짧은 늦가을이다.

어머니와 고기반찬

"엄니 괜찮아"
"얘 참 맛있구나!"
어금니가 한 개뿐이지만
이 없어도 잘 먹기만 한다

가슴이 찡하고
목이 메어 오던 시절

엄니 가신 지
벌써 오십 년이 다 되는데
왜 그때는 그랬는지

저녁 밥상
고기 굽는 냄새에
파란 상추 잎은 윤기가 자르르.

여자의 한

장미에는 날카로운 가시가 있듯
벌은 몸속 깊이 감춘 침이 있답니다

무엇이 그리
슬픈 한(恨)을 심었는지
당신은 가슴에
차가운 한(恨)을 품고
하얀 소복의 긴 통곡이
땅거미를 몰고 오듯
어둠 속에 애처롭습니다

가시, 침, 그리고 한(恨)
그중에 제일 안타까운 것은
두고두고 괴롭힐 여인의 한(恨)
소복한 여인의 애절한 울음이
세월을 넘어 가슴을 울리고 있네요

뜻 모를 그 울음을
잊을 때도 되었는데
목 놓아 울던 그 여인은
지금도 파랗게 살아 있나 봅니다.

할아버지의 틀니

나뭇가지 부러지는 소리에
아득아득 딱
어금니가 시리다
젊음의 기억이 또 하나 사라진다

주름살이 하나 더 늘고
시우는 해가 어렴풋한데
흰 눈을 밟는 소리마다
흘러간 과거의 긴 그림자가
별빛에 얼어붙고

정해진 시간이
점점 가까워져 오지만
약속시간을 몰라
무릎 뼈가 구시렁대는
혼자만의 고통이 아리다

언제부터인지 아드득 아드득
김치 씹는 소리까지 부럽던 날

깊고 긴 겨울밤
동치미 깨물던 학창시절의 푸른 꿈은
겨울밤이 깊어도 잠들 줄 모르는데
오래도록 쌓인 세월이 한 겹 두 겹 흩어지네.

평범하게 산다는 것

그녀의 집에 해가 뜬다
밝은 햇살 줄기마다
이슬방울에 꽃 입술을 적신다
그녀의 하늘에도
구름이 흐르고 바람도 분다

갈증이 인다
욕망이 끄는 빈 수레에
허망한 세월에 담긴 슬픔
산다는 것, 살아 있다는 현실

반찬 볶는 냄새에
빨랫줄 이불 터는 소리와
아기의 기저귀가 널리고
텃밭의 푸성귀가 자란다

달빛에 박꽃이 애잔해
모두를 끌어안고
얼굴을 부비고 싶다
아마도 행복이 따로 있나 보다

빨라진 세월이 속절없어
가꾸는 일이 서툴러도
잡아보는 텃밭 가꾸기에
아직은 행복한 우리 집이다.

천천히 그리고 깊게

봄에 잎을 피우던 나무가
꽃을 피우고 열매를 맺더니
말없이 무거운 몸무게를 줄이려
열매와 잎을 날리나 보다

마냥 어릴 수 없고
마냥 젊게 살 수 없는 숙명임을
일찍부터 알고 준비를 했던가
후회 없는 일생은 참으로 힘이 든다

무엇을 남기려 하지 말자
성자도 아니고 신선도 아닌
평범한 생활이었기에
내놓을 만한 아무 것도 없다

남들에게 해를 끼치지 않고
자유롭게 하고 싶은 일을 하며
아름답게 살려고 했지 않은가

잘하려고 애쓰지도 말고
초라한 내 모습에 가슴 아파 하지 말자
시간이 이끄는 대로 즐겁게 살며
멀어져 가는 세월의 뒷모습을 바라보고 싶다.

본향으로 가는 길

양지바른 골목에서 꿈 먹고 자라던 제비꽃은 열 냥도 넘는
보랏빛 돈주머니 달고 괭이풀과 키재기하던 초동친구가 사
는 곳, 할아버지 기침소리가 들리던 툇마루에는 담배대신 호
박잎을 말아 피던 궁상의 호박씨 할배가 놀리는 악동의 웃음
소리에도 빙그레 웃으시고 가신 지 육십 성상이 넘었지만,
댕댕이 넝쿨로 만드신 할머니 바구니가 빛바랜 과거의 기억
으로 되살아나 봄이면 솔잎이 더 파래지는 곳, 복사꽃 피는
고향집으로 나 돌아가리라.

앞 개울 반짝이는 모래톱에 아주 작은 조개가 자라고 뒷산
뻐꾸기 울 때에 오동나무 매캐한 꽃향기 풍기던 고향, 절기
마다 고사떡 돌려먹던 그 곳, 훈훈한 인심 배어나는 곳, 옹기
종기 모여앉아 저녁을 먹으며 달그랑거리던 그릇소리가 행
복했던 시절을 좇아 나 이제 돌아가리라.

먼 발치에서도 항상 반갑던 동구나무와 단오절에 뛰던 그네
도 그대로 있는지 설날에는 윷놀이마당, 흥겨워 부르던 쾌지
나칭칭나네와 농주에 붉어진 웃음을 띤 얼굴들이 같이 슬퍼
울어주던 초상집마저도 정답게 가슴 메어지게 그립던 내 고
향, 목메기가 엄마를 찾는 긴 울음이 애처롭고 밭갈이하는

농부의 하루가 달집 태우는 연기로 훨훨 날아가도 서둘지 않던 여유가 깃든 그 곳.

반딧불의 평화와 감자가 영글던 텃밭의 여름이 멍석 핀 마당에서 별빛이 소근대던 내 고향은 하눌타리 노란 꽃이 돌담에서 웃고 삽살개가 늘어진 게으름 피며, 닭이 우는 소리에도 꼬리치던 마을엔 뒷산 늙은 소나무 위로 허허롭게 흰 구름이 표표히 흐르는 그 곳으로 나 이제 모두 접고 뽕나무 심던 고향마을로 나 이제 돌아가리.

간병인 그녀의 하루

그녀는 오늘도 8시15분 시내버스를 탄다
만나는 얼굴마다 밝게 웃으며 목례를 하고
오늘 배치되는 곳이 힘들지 않기를 바래본다
집을 나설 때 가스를 잠그고 나왔는지 헛갈린다
랄라랄라 전화기의 호출소리 손녀딸이 주말에 온단다
지난 추석에 왔다 가고 소식이 없더니 반갑기 그지없다
오면 무엇을 먹일까 생각이 깊어진다

오늘 맡은 치매할아버지의 목욕시간이다
애기다 늙은 큰 애기, 둘이 번쩍 들어 욕조에 앉힌다
손녀가 해맑게 웃으며 할머니 폰은 초매너 폰이라
메시지도 거의 없고
전화도 거의 하지 않기에 그렇게 부르기로 했단다
맞는 얘기다 필요할 때만 걸고 받고

할아버지가 칭얼댄다
목욕물을 첨벙대며 저녁인데 아침밥을 달라고 하니
그것은 배고픈 것이 아니다 두 번은 속지 않는다
손녀의 반찬도 사고 김장할 것을 생각하니 마늘도 사야 한다
심은 배추가 통통하게 속이 찼다

배추 생각에 갑자기 남쪽 바닷가에 사는 언니가 생각난다
매년 김장용 양념인 고춧가루며 젓국을 챙겨 보냈다
요즘 부쩍 허리가 부실하다고 했다
남은 피붙이가 남동생 하나와 언니뿐이다
털 스웨터 한 장 사서 보내리라 맘먹는다

환자할아버지네 집을 말끔히 치우고
저녁 밥상을 차리고 나니 퇴근시간이다
아마도 집에 손녀가 와 있을 게다
치매할아버지가 오늘 밤도 잘 보냈으면 좋겠다고 생각하며
에이~ 인명은 재천이라 했으니 타고난 복대로 살겠지
손녀가 부르는 반가운 소리가 발밑에 떨어진다.

풀잎, 바람에 눕다

2부

●

푸른 하늘을 따라서

방황

어제는
부처의 앞에서 서성이더니

오늘은
예수의 품을 더듬는구나

내일
또다시 성현을 찾고자 한다면

끝없는 방황에 저무는 인생
한 알의 모래알처럼 있어도 없는 일.

목주름 살

오늘 아침 타이를 매며
목에 주름진 허무(虛無)를 보았네

여인들의 시름도
목에서 눈가로 번져 가면

여인들의 마지막 동경(憧憬)이
굴곡(屈曲)진 세월에 타락(墜落)하는 비애(悲哀)인 것을

살아온 날의 현기증(眩氣症)은
허약(虛弱)하고 무한(無限)한 갈증(渴症)이 일지요.

그녀의 집

빨간 벽돌의 이층집
청솔가지가 드리운 창을 통해
바라보는 세상은 온통 새로운 풍경
꽃밭과 잔디의 마당에 부서지는 햇살
사이로 흩어진 기억이 한 올씩 빛날 때
과거는 아픔보다 아름다움이 컸다

늙지 않는 그리움을 따라
파이프에서 피어오르는 담배연기처럼
시인의 고뇌가 바람을 탄다

그림 한 폭을 채우지 못하고
저물어가는 하루의 시그널
서쪽 하늘의 황혼 빛이
산 그림자를 길게 비추면
그녀의 창에도 커튼이 드리워질 게다.

누구나 한 번쯤은

불청객 태풍에 부러진
은행나무의 우듬지가
모진 세월에 늙어가고 있다

주섬주섬 대충 추려도
한 십년 더 살아도 좋으련만
한 번 가고 나면 그만인 것을

누구나 살아가면서
한 둘씩 아픔은 있는 거라지만
옛이야기처럼 허망한 것이기에

어느덧 그 아픔을
잊어버리려는 듯
망각의 늪으로 사라지는 오늘인 것을.

그 사람이 그립습니다

누군가 옆에 있을
그 사람이 그립습니다

춘삼월 동백을 만날 때도
아래 역 재를 넘어
사과밭을 지날 때도
더욱이 먼 길을 떠나 여행을 할 때도
비어 있는 옆자리가 외롭습니다

동해의 푸른 물결에
마음을 씻어 보아도
불붙은 가을 산에서
얼굴이 빨갛게 익어도

굽이굽이
찾아가며 돌던 지리산에서도
원통골 지나 진부령 넘어
바닷가를 달릴 때도

누군가 옆에서
다독여줄 그 사람이 그립습니다.

낮은 자리

활발하던 초저녁의 열기가
열한 시를 넘기면 고요 속에 묻히고
한산한 거리는 적막에 싸입니다

물이 낮은 곳으로 흐르듯
사람들도 안식을 위해 낮은 곳을 찾습니다
절간이 그렇고, 성당이 그렇습니다
잔칫상의 말석이 편하듯
나 역시 낮은 곳을 좋아합니다

낮은 자리는 떨어질 염려도 없고
탐내는 사람들도 없기에
비록 몸은 고달플지라도
마음은 밝고 맑아 평화롭습니다

변하지 않는 성자의 진리
낮은 자리에서
제자들의 발을 씻기신 낮춤의 겸손에서
당신은 별 중의 별 진리를 배우고 모십니다.

꽃이 지던 날

꽃은 시들어
마르고 떨어져도
고통을 애기하지 않습니다

과거도 버리고
미래를 꿈꾸지 않으며
온힘을 다해 오늘을 살았습니다

이제는 돌아서는 길
미움인들
그 누구도 원망하지 않으렵니다

사는 동안
쇠잔한 목에 힘이 빠지면
그것은 숙명이려니 생각했을 뿐

그래도
조그만 소망이 있다면
그것은 구걸하지 않는 당당한 삶입니다.

잊으렵니다

헤픈 웃음에 가슴을 찢네요
영롱한 눈빛이 탐욕인 줄 몰랐어요
선한 웃음이 칼-멘인 줄 몰랐네요

어쩌면 좋지요
마음을 열고 사랑하는데
지금은 동토의 나목보다 외롭습니다

지금부터라도 잊으렵니다
아픈 사랑이 더욱 아름답다면
그런 사랑은 하지 않으렵니다

어떻게 하면 잊을까요
물망초처럼 잊지 말아야 하나요
돌아올 약속이 없어도 기다려야 하나요

구르다가 멈춘 수레바퀴처럼
결박 속에 손가락을 찢는 아픔이 와도
눈물과 외로움 싫어 모두 잊으렵니다.

그녀의 아침

그녀의 아침이
늦은 오후를 걷고 있다
서둘러 향하는 병원

셋의 약속에 허둥댄다

혈압, 관절, 자궁경구가
열흘 전부터 안달이라
서서 삼킨 아침밥이 살았나 보다

돌아오는 길이 훤한데
몇 달분의 약봉지로
의사의 얼굴이 룸 밀러에 겹친다

하늘로 가는
희미한 문이 능선에 걸려
오늘도 긴 하루가 저물어가고.

까치가 부른 아침

맑은 까치소리에
이른 아침이 열리면
설렘으로 밝은 햇살이 싱그럽다

마당을 깨끗이 쓸고
밤새 비워진 마음은
찾아올 바램에 진한 그리움이 솟고

초동친구의 얼굴도
먼 친척의 소식도
말없이 이별했던 얼굴이 찾아오듯

햇살 고운 아침에
아롱지는 사연으로
기다리는 가슴이 훈훈해지고.

우리 집 석고상 · 1

우리 집에는
사십여 년을 같이 살아온
손녀 같은 어린 소녀와 사무엘이 있다

어두운 골방도 마다 않고
추운 겨울도 불평 한 마디 하지 않으며
늘 배시시 웃는 웃음은
시름을 잊게 하는 행복이었다

잘 빗긴 머릿결을 띠에 묶고
흰 어깨를 자랑하는 맨살 위에
무지개 햇살이 눈부시다
하얀 켄트지에 비친 자화상에도 웃음이 서린다

부드러운 소리로 고운 노래가 들려오듯
밤새워 부르는 캐롤 송에
한 번도 찡그리지 않는 얼굴을
우리 손녀가 닮아 있다.

그 날

쿵쿵쿵
심장의 고동소리 울리던
청춘, 새파란 그 날이 그립다

달리고 달려도 지치지 않고
힘이 들어도 밥 한 끼 먹고 나면
다시 새롭던 기운이 왕성했던 시절

높다란 담장도 훌훌 뛰어 넘고
전장을 누비며 선봉의 굳센 날램과
기억력이 샛별처럼 빛나던 시절

조상의 피를 받아
옛 장수(將帥)감이던 내가
어느덧 고령의 노인으로 뒷걸음 칠 줄이야.

평상심

모처럼의 전화에
피해 가듯 서두르는 대화에는
가슴이 열리지 않는다

우정도
더욱이 사랑도 아닌
안부가 그리워 건 전화인데

살갑지 못한
시간에 쫓기듯
작별인사에 허공이 더해진다

개운치 못하고 섭섭한 감정일랑
그러려니 하며 보내고 싶지만
차분하게 다스려진 평상심이 찾아올는지.

마음으로 떠난 여행

장마 끝에 불어오는
푸른 바람이 싱그럽다
철철철 흘러 넘는 급한 소리에
지나가는 시간은 더욱 빠르다

작심하고 펴 든 수필집
'일곱 살 향기'가 온몸을 감싸면
세 번째 단풍나무 향기가 애리조나 주에 서성이고
스위스의 코리아에서 자고나니
알프스를 넘나드는 프랑스와 이탈리아가 저기란다

어느 날 어느 구석에서
어떻게 만날지 모르는
핀란드의 백야에서 오로라를 꿈꾸고
새소리를 담은 한줄기 맑은 바람을 쐬며
벌써 네팔의 설산을 오르고 있다

저 너머 텐샨의 실크로드를 따라
인도에 갔다 돌아오는 길은
차마고도의 오색 깃발에
마음을 빼앗기고 있을는지도 모를.

나들이

친정 나들이
가는 마음으로
무작정 떠났습니다

바다가 보고 싶어 달려왔건만
안개 자욱한 바다가 그리움 같아
소리 없는 속울음만 삼켰답니다

누군가
이렇게 보고 싶을 때는
알 수 없는 곳을 향해 무작정 떠납니다

오늘도 내게는
역마살이 끼었는지
비릿한 갯내음 속에 저녁이 저뭅니다.

돌풍

돌풍은 예고 없이 온다
캄캄한 하늘을 울리며 분다
무서움에 쫓긴 사람들처럼
세상을 휘돌며 거세게 분다

땅 위의 것들을
모두 쓸어버리려는 듯
숲을 흔들고
바닷물을 휘저으며 마른 바람으로 분다

누구의 역정이랴
아니 누구의 잘못을 꾸짖으려고
하늘이 그리 노했을까
나약한 산짐승도 숨어버린

그 숲에서 나는 꿋꿋할 게다
사랑을 먹고 자란 몸 저지른 잘못이 없으니
돌풍이 분들 무슨 걱정이 있으랴
그래도 가슴이 뛰는 것은 내 모르는 잘못이려니.

봄소식

어린 동생이 마구 칠한
노란색 개나리
환한 웃음을 웃게 한
뾰죽한 진달래의 붉은 꽃술
빨래터의 아줌마들의 수다소리 같은
산골 개구리 소리

봄비 내린 뒤
우리 집 꽃밭에 돋아난
푸르고 여린 과꽃, 채송화의 새싹들

조용히 드리는 감사기도와
멀리 하늘에서 보내는
할머니의 풍금소리 같은 웃음소리

손자가 이번 초등학교에 들어간다지
메고 다니는 가방 하나 준비해야겠다
올 봄도 그렇게 가겠지.

나무그늘 밑에는 바람 산다

푸른 하늘 높이
구름이 살 듯
숲속, 나무 그늘 밑에는 바람이 산다

우리 집 악동처럼
한시도
가만 있지를 못하는 바람

나뭇가지를 흔들어대고
위로, 옆으로 내닫기도 하며
어린 시절을 마냥 즐기고 있다

세월이 지나니
바람도 철이 드는지
오늘은 그리움에 몸부림을 치나 보다.

봄 아이

봄날
잘 쓸린 마당 주변으로 죽단화가 피면
친구가 없는 환이는 외로워진다

봄볕이 따사롭고 진달래가 만발한 날
뒷산 뻐꾸기가 울고 따스란 토담 밑을
보랏빛 제비꽃이 피면
제비꽃은 환이의 친구가 된다

고무신을 꺾어 만든 수레에 제비꽃도 꼽고
죽단화를 꼽아 꽃 상여를 만들어
슬프고 구성진 노래를 부르면
환이는 이내 슬픈 눈동자에 눈물이 고인다

빛이 하얀 꽃을 피우는 남산 제비꽃
할머니께서 만들어 주신 졸방 제비꽃 나물을
생각하면 산모퉁이를 돌 때 꺾어 먹던
찔레순에 어린 시절 봄날은 저물고

이제 흰머리에 하얗게 센 흰 눈썹의 할배로
초등시절 교실에서 울려오던 풍금소리에
봄날은 가고 있다.

증약역

경부선 완행열차를 타고
세천역을 뒤로하며 아주 긴 터널을
지나면 간이역인 증약에서 내린다네

역사(驛舍)도, 철도원도 없는 역
통학하는 몇 명의 학생만 타고 내리던 곳
누가 심었는지 모르지만
그리움은 접시꽃으로 피어있고
기차가 오가는 빈 철길에는 맑은 바람이 흘렀다

옥강리 재를 넘어 친척집으로 가는 길에
우암 사당이 있는 옥강천(玉江川)이 흐르고
저 멀리 산 밑 동네에서 들려오는 수탉소리에
외로운 홀씨만이 훌훌 까마득하게 날아가네

지금은 간이역마저 없어져
지나는 열차의 기적만 구슬프게 퍼지며
애잔한 풀꽃만 바람에 하늘거리고
울창한 칡순으로 몸을 감고 서 있는 산봉우리

앳된 소년은 초고령 노년이 되어
정지용 시인의 고향을 찾아가는 길에
증약역을 찾아왔건만 땅거미가 진
가로등의 흐린 불빛에 향수로 가슴을 적신다네.

*증약역: 경부선 세천과 옥천 사이에 있던 간이역

빈 여행

꼭 가야 할 곳은 아닌데
누군가 오라 하여 가는 곳 아닌데
떠남이란 그 말이 좋아 붙잡는 사람이 없어도
자유라는 홀가분함으로 무작정 기차를 탑니다

지나는 골마다 꿈과 사랑이 깃든 동네
아담한 지붕들이 이마를 맞대고
옹기종기 모여앉아 이야기하듯
그 위를 하얀 눈이 내리네요

개천을 가로지른 농다리를 건너
하얀 모래섬에 여기저기 등을 보이며
멀리 지나가는 초가집에서 끓이는
여물냄새가 그립습니다

조금 더 가면
잔잔히 출렁이는 바다의 흔들림이
섬 그림자가 애잔하게
나그네의 마음 뒤흔들 겝니다

복받치는 설움은 아니어도
혼자라는 외로움에 시달려
행주치마에 손 닦으며 마중 나오는 내 집
똘방이 꼬리 흔드는 그 곳으로 가렵니다.

풀잎, 바람에 눕다

3 부

●

은혜의 계절 속에

그리움은 꽃이 되어

잊기엔 너무 아쉬운
먼 기억 속에 당신
처음 만나던 그 날은
우리들 최고의 날이었네요

훌쩍 보내버린 세월
돌이켜보면
켜켜이 쌓인 세월은
어쩜 하루같이 가버린 시간들이네요

그 속에 우리가 서있고
지금은 부르지 못할 당신이기에
막연한 그리움은 꽃이 되어 피어도
기약 없는 기다림에 오늘도 한숨만 짓고 있네요

망초 꽃이 흐드러지던 날
굳은 약속은 어디로 가고
짙푸른 녹음에
여름처럼 가는 인생은 아련한 그리움으로 오늘도.

유월에 부는 바람

이 바람은
시골집 원두막에 불던 바람
추억을 마냥 풀어주던 바람
생각하면 행복과 여유의 바람이었다

나는 이 바람 속에서
어리고 젊던 시절을 떠올리며
평온과 다정함 그대로
나뭇잎 살랑대는 바람 속으로
무지개 아롱지던 그때처럼
농익은 유월의 바람을 맞고

덤으로 받은 긴 낮 시간
은혜에 감사한 마음으로 꽉 차니
찬란한 유월은 녹음 속에서
모두를 끌어안고 알알이 길러내는
위대한 여름의 절정이다.

모처럼 가 본 산골

모처럼 집을 떠나
영월 십승지를 찾아 나섰다

연하계곡에 오르니
치유명당이라지만 사람 살만한 곳이 못 되고
너무 험한 골짜기는 마음에 와 닿지 않는다

예밀리, 오봉산, 만경대산, 매봉으로 이어진 곳
옥동천을 건너 1,130 고지에 오르니 전망이 넓고
소백산, 함백산이 멀리 보여 호연지기에 감개무량하다

뜻밖에 모은동이 보여 능선 넘어 찾았다
이런 높은 곳에 만 명이 살았다는 마을이 있다니
예전엔 탄광촌이었고 정성들여 꾸며 살아 애착이 간다.

모운동

만경대산으로 오르는 산길 오른쪽
높은 산 남서향 중턱에 자리 잡은
예쁜 들꽃 같은 마을이 하나가 공중에 떠있다

구름이 모인다는 동네 이름처럼
깊은 산속에 이처럼 예쁜 마을이 있을 줄
전혀 모르고 집집마다 잘 꾸며진 모습에 감탄

아마도 이곳에는 논밭도 없고
흐르는 물도 없어 무얼 먹고 사는지
모여 사는 사람들은 모두가 신선인지도 모른다

그래도 학교와 교회가 있고 노인정도 있으며
버스도 다니는 모양이니 사람들이 모여 사는 곳이
틀림없어 예전에는 만 명이 살았다는 탄광촌이라 했다.

*모운동: 강원 영월군 김삿갓면에 있는 산동네

서대산 · 2

너는 항상 멀리로
어깨를 곧추세우고 거기에 서 있었어

식장산과 보문산을 비집고
한밭을 바라보는 눈길로
회색을 엷게 띤 보랏빛 옷을
액자 속의 사진처럼
언제나 변함없이 보고 있었지

거기에는 항상 일렁이는
그리움이 배어있고
장군바위와 국수동굴로
전설을 얘기하고 있었지

어느 날 백제의 전설로
성왕의 바람을 잠재운
원한의 구진벼루가 오늘로 이어지는 곳
외로움이 몰리는 적막감에
스치는 구름으로 점점 멀어지던 옛 이야기
서대산은 오늘도 말이 없구나.

탑

흐르던 구름마저 머무는 곳
상륜에 실은 기다림은
내릴수록 넓어진 가슴에서
아득한 전설을 읽는다

기단에 쌓인 바램을
세월을 두고 돌멩이를 골랐다
하늘을 우러러 맨 위층에
소망의 등불을 켤 때도

미륵을 기다리는 외로운
그 마음을 아는지
옥개석 네 구석에 달린
풍경은 맑은 목소리로 세상을 달랜다

지는 해가 하늘을 곱게 물들이면
온 생물들의 평온을 위해
어둠을 드리우는 시간
탑은 홀로 서서 깊고 깊게 입정한다.

둥지가든 찾아가는 길

마제터널을 지나서
나사형 다리를 건너면
아름다운 길16으로 접어든다
한가로운 사거리를 지나
눈 속에 파묻힌 지천리에 도달하면
금강의 젖줄기가 꽁꽁 언 강가에
아담한 둥지 하나 틀어져 있다
뜨거운 김이 폭폭 솟는
우거지 참게 매운탕에
조용히 들려오는 옛 얘기처럼
소리 없이 먼 산을 응시하는 타조의 눈길
계절이 바뀔 때마다
무수히 찾던 발길도 뚝 끊긴 채
둥지의 겨울은 깊어만 가고
처마 밑에 널린 우거지와 고드름의 눈물이
외로움 속에 가냘픈 겨울잠에 들면
언제쯤 깨어나 봄꿈을 꿀는지
강가를 스치는 바람 소리만
여기가 충청도의 한가운데려니
맥없이 잡아본 그녀의 손길이 따뜻하다.

고향의 칠월

아, 벌써 칠월
울밑에는 봉숭아가 필 게고
동구 밖 미루나무에는
매미가 늦은 저녁을 노래하리

뭉게구름 피는 서쪽 하늘은
저녁놀이 고울 게고
벼 익는 냄새로 들녘을 감싸면
반딧불이 은은한 빛이 정겹게 흐르리라

별빛 쏟아지는 고향집 마당에는
달맞이꽃이 화사하고
엷은 모깃불이 깊은 밤까지 아른거리면
꿈속의 고향생각에 여름밤이 짧으리니.

초복과 말복 사이

높고 푸른 하늘에
솟아오른 뭉게구름 위에
내 아담한 정자를 짓고 여행을 떠나고 싶다

강원도 외진 산골에서
서걱대는 옥수수 밭을 지나고
왕피천의 맑은 물에 세수를 하고
산위에서 부는 바람을 따라
남해바다 땅끝마을에서
추자도의 평화를 끌어안고
서해의 갯벌을 따라 백령도의 두무진에서
우럭을 만나 낚시질을 하며
서해의 굴곡을 따라 항해를 하다가
마니산 제단에서 일몰을 바라봐야겠다

태백을 넘어 동해의 드넓게 펼쳐진
바다의 넓은 가슴에 쌓였던
묵은 생각을 모두 비우고
태평양의 푸른 소식을 가슴에 담는다

오랜 친구는 지금 몽골에 여행 중이란다
아마도 울란바토르에서 몇 날을 보내고
사막의 게르에서 평화를 기원하며
쏟아지는 사막의 밤하늘 별들에
늙은이의 조그만 바람으로 빌고 또 빌겠지.

조팝꽃이 하얗게 피던 날

조팝나무 꽃이 하얗게 핀 날
잊어버렸던 어머니 생각에
먼 나라로 가시던 계절임을 알았습니다
속울음으로 흘리던 눈물이 산벚꽃으로
바람이 불 때마다 꽃비를 내리고 있었습니다

목 메이는 그리움에
고달픔과 일에 지쳐 잊었던 기억이
오늘만큼은 자식의 아픈 상처에
매운 향기가 아니면 좋겠습니다

가시던 길은 온통 신록으로 찬란하게 빛났건만
떠나보내던 아픔을 잊는 기간은
몇 십 년이 흘러도 지워질 줄 몰랐습니다

야속한 건 잊지 말아야 할 인연을
살아야 한다는 강박관념에 희미해진 기억이
가시던 그 길에 꽃이 피던 기억마저 잊었습니다

문득 아침 출근길에 조팝나무 하얀 꽃을 보고
오래 전 웃으시던 어머니의 생전 모습과
한복을 곱게 입으신 아버님 생각을 하며
오늘 아침 출국한 아들과 손자를 외롭게 보내야 했습니다

꽃 피는 날이 적은
조팝나무를 바라보며
부디 약속한 날까지 싱싱하게 꽃이 피고
모두가 평안하길 기원해 봅니다.

장맛비

항상 가고 싶고 정든 곳
지도를 펴고 그 위에
죽~ 그어진 파란 물줄기로
폭포처럼 흘러내리는 장마
지축을 흔드는 파열음에서
우리는 엷은 공포를 느낀다

패이고 패인 개울
구르며, 깎이고 깎인 돌
장마야
그래도 모나지 마라
둥근 얼굴이 제 모습이란다

둥글게 살아가는 삶이 좋으련만
쉬지 않고 내리는 빗속을
떨어지는 빗방울이
마치 퍼덕이는 날개 같아
온종일 쉬지 않고 우는가 보다.

비가 눈처럼 날리던 날

여름 날
장맛비가 눈처럼 퍼지는 날
그처럼 보이는 것은
내 마음 때문이랍니다

안개 끼듯
알 수 없는 당신 마음같이
빗방울이 부딪치는 유리창에
알 수 없는 낙서를 해 봅니다

고운 꽃무늬를 그려 보기도 하고
어린 시절 순희의 얼굴을 그려 보지만
떨어지는 빗방울은
아니라고 그림을 지우고 마네요

떨어지는 저 빗방울이
눈이 되어 내렸으면 좋겠어요
그리다가 지워지면
순희 좋아할 눈사람을 만들면 되겠지요.

여름

여름철
덥고 짜증스런 날이면
참고 기다리라는 뜻인 줄로 아세요

어쩌다
시원한 소나기라도 내리면
그것은 잘 참고 견딘 상으로
내려주신 은혜라 생각하세요

아침에 눈을 뜰 때
찬란한 햇빛이 비치거든
그것은 열매를 맺는 결실인 줄 아세요

하늘에 뭉게구름이 피고
저녁놀이 고우면
그것은 풍요로운 가을이 멀리서 오고 있음이에요

빨간 고추잠자리가 날고
백련지의 고고한 자태를 만나면
그래서 여름이 행복인 줄 알 거예요.

칡꽃이 질 무렵이면

칡꽃이 질 무렵이면
때 이른 단풍잎이
떨어져 굴러도
아직은 햇살이 따갑습니다

막연한 서글픔에
설익은 가을이 외롭기만 한데
먼 산에서 들려오는 예초기 소리가
멀지 않은 추석의 등을 떠밀듯

그래서인지
추석빔을 기다리던 어린 시절이
세월이 흘렀어도
그리운 어머님의 얼굴이 보고 싶네요

그 때는 높은 잿빛 하늘에
마냥 걸어도 좋던 가을 길을
숲정이에 열던 밤송이도
아마 마음이 허한 듯 아람을 벌립니다.

풀잎, 바람에 눕다

아무리 모진 비바람이 몰아쳐도
풀잎은 부러지는 일이 없다

대지에 굳게 뿌리로 지탱하며
몸을 뉘일진대 부러지지 않는다

이웃과 서로 도우며 힘을 모아
역경을 이겨내고 또 다른 싹을 키워
본연의 모습으로 돌아온다

축 처진 어깨를 서로 기대고
힘들었던 지난밤을 새벽의 기운으로

어린 싹을 보듬어 안고
튼튼하게 본래의 모습으로 힘차게 키운다

눈물겹던 세월도 어느덧 가버리고
산들바람에 여린 몸을 흔들어본다.

매미소리를 들으며

나도 너처럼
이레만 살다 가면 좋으련만
첫날 하루는
내가 태어난 기쁨에 살고

또 하루는
나를 위해 살고
다음 하루는
너를 위해 살며

그 다음은
모두를 위해 살고
그 다음 다음날은
모든 용서를 위해 살다가

여섯째 날은
은혜에 감사하며
마지막 날은
모두 비운 마음으로 돌아가리니.

원추리 꽃

칠월이 익는 숲에서
주홍빛 꽃을 매달고
아득한 지난날의 추억에
그녀의 얼굴이 떠오르는 날

세찬 매미의 소리가
굽이굽이 돌던 산골마다 울릴 때면
어느새 나는
여름 숲의 산제비나비가 된다

분홍빛 싸리꽃 위에 앉아
참나리가 품은
주아를 따 만든 염주로
그대를 위한 기도를 드리리라

서산에 뭉게구름
높은 궁전에 마음을 내려놓고
하늘의 여유를 품은
원추리 꽃을 만나면 옛 그리움이.

이천 십일 년 초복 날

무거운 몸무게를 줄이려
찬비를 맞은 나무는
이파리를 잔뜩 떨어뜨리고
여름의 푸른 낙엽이 깔린 길

외로움을 혼자 껴안은
회색 구름에 온 숲이 창백하다

용오름도 보이지 않고
내리는 장맛비에
흠뻑 맞아 덜덜 떨리는 날
농주 한 대접에
풋고추로 안주하면 복땜인데
밑 마을은 추어탕, 삼계탕, 보신탕이라

더위 먹은 여름에는
익모초 즙이 최고라는데
비 오는 날의 복날은
추워도 더운지
냉면집 앞은 온통 복 타령으로.

여름날의 꿈

고즈넉한 산길에서
산딸기의 웃음을 마시며
순한 고라니가 된다
맑은 산새소리에 순한 눈을 들면
먼 산에 물들어 오는 저녁놀의 여름하늘

칠흑의 장막을 드리우면
보석 같은 푸른 별들이
하늘 끝 먼 곳에서 줄달음치고
달맞이꽃은 다시 올 달님의
부드러운 미소를 노랗게 기다리겠지

구름 속을 나는 긴 여음
태백의 산줄기를 비행하던 젊은 꿈
머플러 색깔 같은 참나리 꽃이 참 곱다
방에 꽂아 두면
행복해 하시던 할머니의 밝은 모습

덧없이 흐르는 개울처럼
어제와 오늘을 무심코 보내는 세월

좁은 마음이지만 내 동포
내 살붙이들이 편하게 사는 세상
다툼 없이 사는 따스한 나라였음.

나리꽃 피던 시절

팔월의 뜨거운 햇볕 아래
녹음 진 숲길을 따라 걷다 보면
반가운 얼굴이 맞이하네요
짙은 주황색 나리꽃이
서양소녀처럼 꽃잎에 주근깨를 뿌리고
건강한 미소로 호랑나비와
입맞춤을 하고 있어요

나리의 옷에는
보랏빛 주아를 잎 사이에 숨기고
부끄러운 듯 바람을 맞으며
여름을 즐기고 있었지요
언뜻 지난 날 옛 친구의 얼굴이 떠오르며
유월의 원추리 꽃을 생각했어요

매끈한 몸매에 주황색 꽃을 달고
범나비를 희롱하던 모습이
내 놀던 옛 동산에 퍼져오던
그녀의 노랫가락 '비목' 이 들려오네요
"초연이 쓸고 간 깊은 계곡

깊은 계곡 양지녘에 비바람
긴 세월로 이름 모를 비목이여"

오늘 따라 보고 싶은 얼굴
아마 그녀도 할머니가 되어 백발이 성성하겠지요.

산행에서

아득하게 올려다 보이는 높이마다 마음 두고
턱에 차는 듯, 오르는 숨 가쁜 길에
코가 닿을 듯 지면은 눈에 달라붙고
배낭 그림자를 천천히 뒤쫓는 순한 거북이 된다

겸손, 복종, 극기는
큰 산, 높이 오를수록 지켜야 할 수칙
인내하며 호젓이 오르는 길은
좋은 친구 하나 사귀어 배우고 채워지는 선물

맑은 산새들의 지저귐이
계곡의 정적을 깨우고
인생의 덧없는 한 폭의 그림이
사슴의 말간 눈 속에 허무로 비치는데

철없던 시절, 고향의 뒷동산에 올라
진달래 꽃잎 입 안 가득 따 담고
또아리 틀어 햇볕 쬐던 꽃뱀으로
산 뻘기 부드러운 입술에 유혹되던 어린 기억

먼 길 돌아와 이제 가리라
세파에 절어버린 마음을 씻고
번뇌를 잊으려 오르던 절봉(絶峰)에
히말라야의 욕심 없는 하얀 꿈이 거기 있음이라.

풀잎, 바람에 눕다

4부

●

나그네의 걸음으로

태종대

처음부터 태종대는
무엇이 그리 좋은지
아침부터 바다를 보며 환한 웃음을 짓는다

남으로 내달은 땅 끝인 줄 알았는데
다시 시작하는 또 다른 세상
먼 바다에서 밀려오는
풍어소식들이 들려올 법한데
올라오던 태풍도 방향을 바꾸니
유람선 따라 갈매기도 바람을 탄다

올려다보는 감탄 내려다보는 아찔함
멀리 가지 못한 돌팔매에
까만 작은 바위 하나 물에 빠져
머쓱한 웃음에 등대를 세우면
어둠 속에 구원의 빛줄기를 던지고

오륙도에서 돌아오는
부산 갈매기 노래 소리에
정박한 선박도 고동소리로 출렁이면

낯선 이방인은 언제까지 서 있을 듯
바다를 사모하는 태종대에
뭉친 조그만 소망을 대양 그 위에 세우고 싶다.

가슴이 넓은 숲이고 싶다

가슴이 넓은 사람은 감여(堪輿)하는 숲이 있다
제일 작은 뱁새부터 까치, 비둘기, 수리부엉이
황조롱이 그리고 산토끼, 다람쥐, 고라니, 노루
멧돼지, 개구리, 여치, 매미들
겨울잠에서 제일 먼저 깨어나는 버들강아지
노란 동백, 서래나무, 굴참나무, 단풍나무
산죽과 노송이 끄는 대로 뛰고 오르던 능선
고사리, 취, 더덕, 참나물, 홑잎, 삽취싹이랑
원추리가 뽀얀 숲에는 봄부터 가을까지
어려서부터 좋아하던 삘기며 산딸기, 돌배, 보리똥
개암열매, 청미래 열매와 까치가 쪼던
빨간 찔레열매까지 풍요로운 잔치마당이었다

꿩의 바람꽃과 하늘나리, 병꽃, 푸른 하늘 매발톱 꽃에
호랑나비를 부르던 참나리며 보랏빛의 칡꽃과 칠월을 밝히던
싸리꽃까지 서로 도우며 의지하고 베푸는
삶의 터전을 늘 곁에 두고 이슬에 젖을 때도
눈이 쌓여도, 바람에 씻겨도 언제나 집을 떠났다가
돌아오는 자식을 따스하게 받아주듯
베풀며 포용하는 숲의 가슴을 갖고 싶다

개울에서 갈증을 풀고 산들바람에 머리를 식히며
단풍이 고운 그늘에서 양지꽃이 화사한 숲에서
그 언젠가 맡던 포근하고 싱그러운 숲의 향기에 취하는
가슴 넓은 숲을 사랑하는 사람이고 싶다.

수랑골의 추억

재 넘어 산길을 내려오면
호랑이 얘기가 무성한 대나무 숲이 있었다

전깃불도 들어오지 않고 라디오도 없던 시골집
내리는 눈을 입 벌려 받아먹고
처마 끝에 열린 고드름을 따먹던 시절
싸리문 밖 개울의 깊은 소는 파랗게 질리고
물고기는 꼭꼭 숨어 보이지 않던 겨울 속에
숲정이를 흔들던 바람이 장군봉을 줄달음쳐 넘었다

달빛마저 얼어붙던 섣달그믐 즈음이면
아궁이에서 구워 낸 군고구마가 유일한 낙(樂)이고
불빛에 살갑던 형수의 얼굴이
달덩이처럼 환하던 날
때를 잊고 우는 수탉의 울음에
끌끌 큰 당숙의 혀 차는 소리가 문풍지를 뚫었다

지금은 돌담을 두른 석배네 집도 없어지고
탱자나무가 우람했던 당숙네 집 옆으로
호남고속도로에 오가는 차들만 달리는데

추억이 깃든 수랑골은 산짐승들이 깃든
인적 없는 도로공원의 분지가 된 지 오래
가을이면 호두 떨어지고
수수가 붉던 수랑골에는 낙엽만 날리네.

*수랑골: 대전에서 두계로 넘는 언덕에 있는 깊은 골.

하롱베이 · 1

인천에서
동남쪽으로 칠천리
거기에는 네가 살고 있었지

향기 나지 않는 맨얼굴로
다소곳이 품은 사연들은
가슴에 새긴 신화 같은 전설로

맑은 날엔 산뜻하게
안개 싸인 날엔 은은한 신비 속에
언제나 조용조용한 여인의 손길처럼

사랑하지 않고는
못 배길 그런 자태로
오늘도 너를 찾는 뭇사람들을 품는구나.

*하롱베이: 용이 내려와 3,000개의 구슬을 내뿜어 섬들이 생겼다
는 베트남 북부의 아름다운 항구. 유네스코가 지정한 세계문화
유산으로 동양 3대 절경의 하나.

하롱베이 · 2

용이
하늘에서 내려와 뿌린
보석이라 했던가

전설이라 해도 좋은
맑고 잔잔한 호수에 잠긴
녹색의 짙은 옷을 입은 수많은 섬들

이는 몽골 타라의
또 다른 화신인지도 몰라

눈에 띄는 곳마다
배가 움직일 때마다
아롱지는 감탄의 네 이름은 하롱베이

찾는 이마다 함성과
복 바쳐 터져 나오는 노래들은
바다에 녹아 추억으로 잠기리라.

말레이시아의 첫 여행

바다를 건너 야간비행을 하고
사뿐히 내려앉은 쿠알라룸푸르 비행장
첫 만남은 언제나 설렘이다

적도의 나라라고 해서
무척 더운 줄 알았는데
석유덕분에 풍부한 전기로
에어컨이 좋아 더운 줄 몰랐다

세계제일의 팜유 생산국이며 주석의 나라
일정한 기후와 밤과 낮의 길이가 같아
변함없는 군자 같은 이슬람교 국가
왕도 많고 살아가는 데 다툼이 없으니
기다리는 여유가 늘 상주한다

타민족,
타종교에 철저한 무관심으로
가도, 남아 있어도 관계없는 나라
늘 푸른 나무들과 열대 꽃으로
떠나던 고국의 가을이 떠올라

더욱 그리던 우리의 가을이었다

지금쯤 단풍이
내장산까지 줄달음쳤을 게고
앞으로 며칠은 색다른 풍경에 너를 알고 싶다.

말레이시아 천천히 깨어나다

깊은 잠에서
천천히 깨어나는 나라

아침 7시에 동이 트고
저녁 7시 30분에 해가 진다
무역풍이 불고
한낮이면 스콜이 내리는

팜나무 숲이 울창한 적도의 나라
마호멧의 발길이 머문
히말라야에서 뻗은 자락에
깊은 태평양에 발을 담근 곳

천천히 깨어나고 있다
바쁠 것이 없이 주어진 대로
꾸준하고 반듯하게 자라나는
참으로 행복하게 사는 나라로 깨어나라

그의 이름하여
말레이시아
처음 만난 네 얼굴을 잊지 않으리니.

가을강(秋江)

성냄도 없다
조락한 이파리는
들뜨지 않고 흐르는데

깊은 성찰(省察)의
하늘을 닮아
그대로 투영(投影)되는 강물에

만산홍엽(滿山紅葉)이 비치고
조각구름(片雲)이
물위를 미끄러져 간다

외로운 발길
강물에 흐르는
단풍잎 하나가 그 뒤를 좇는다.

가을과 여승

백양사에 가을이 왔다

가져갈 수만 있다면
저 아름다운 자연을
가져가고 싶다던 여승의 절규

가랑잎 지는 소리에
크게 깨달아
어쩜 고승이 되었을지도 모를

세월의 단풍이 지고
고행의 낙엽이 떨어지면
나목이 되었을 고승의 하루가 깊다.

마지막 가을풍경

냉이와 달래가 새싹을 내밀던 자리에
여름이 가고 가을도 뒤따르니
구절초와 쑥부쟁이가 가을인사를 한다

산 너머 억새가 무성한 덤불에도
어느덧 서글픈 하얀 머리털이 나부끼고
물가에 뭇 자랐던 부들이 물그림자에 비쳐
올 한해의 이별을 배웅하고 있다

시카모아의 갈색 이파리에
울리는 휘파람소리
먼 산 위에 뜬 옥색 하늘이 가을을 비추고 있네.

가을비

하늘이 부끄러워
구름으로 살짝 가렸다

회한의 눈물이 차갑게 떨어진다
토닥토닥
지난 세월의 응어리가 풀리며
입었던 옷이 벗겨지니
알몸으로 마주 서 숨을 길이 없다

바람이 채찍처럼 거세다
한동안 이렇게 벌을 받아야 하는지
지내는 동안
씻어내고, 털어내고, 비워지면
새로운 모습으로 다시 시작하는 게야
아픈 만큼 깨닫고
조용히 아주 조용히 일어서는 게야

참 날을 위해
아프고 슬퍼도 눈물일랑 흘리지 말고
바위처럼 굳건하게
침묵이며 주어진 세월을 버티어 가면.

늦가을 시골풍경

뽑아 놓은 콩대들이
벽에 기대어 바스락거린다
가을을 속삭이듯 바람이 불 때마다
몸을 흔들며 수다를 떤다

저 녀석들을 털고 나면
콩깍지 하나 머리에 붙이고
휴~ 내뿜는 허리 펴는 소리에
가을은 저만치 밀려가고

빨랫줄에 널린
옥양목 수건 한 장
가을걷이 끝내고
몸살 날 때 쯤 머리를 동여맬 처방이다

짧아진 가을 낮 말갛게 핀 황국이
그리움으로 싸하게 가슴을 적신다
내일 쯤 마늘을 심을 게고
시금치 씨앗 뿌릴 준비에 가을은 틈이 좁다.

가을에 피는 들꽃

가을은 어김없이 찾아오고
주름살 하나 더 늘어나니
허망한 세월은 외롭기만 하다

마땅하게 불러줄 사람은 없고
고향의 기억은 멀어져 가는데
아득한 추억에만 살고 계실 부모님

마음이 허한 시간
그리운 목소리라도 듣고 싶지만
힘없이 들었다 놓는 쓸쓸한 마음

그래서
빈들에 피는 가을꽃이
더욱 그리운 꽃이 되나 보다.

가을남자

한여름날
참나리가 주아를 품고
꽃을 달아 호랑나비를 기다리듯

부들이 목을 길게 빼어
오지 않는 님을
애타게 기다리고 있음이

이파리 모두 떠나보내고
깨 벗은 알몸을 가지에 매단 감은
기다리다 지친 외로움 때문입니다

하늘 매 발톱 푸르던 잎사귀에
빨간 단풍이 내리면
그것은 그리움이 쌓인 까닭이고요

깊고 푸른 하늘에 머물고
뜬 구름처럼 한없이 흐르는 것은
쌓인 그리움으로 방황하는 가을남자랍니다.

만추의 노래

늦가을 짧은 햇살에
산 그림자가 드리워지면
단풍으로 번진 불은 활활 타오르고
억새풀 하얀 머리털이 바람에 섧구나

지금쯤 고향도 가을로 물들 게고
탱자나무 울타리에도
지친 가슴에 짙은 향기가 퍼지면
아마도 노란 은행잎이 눈처럼 쏟아지겠지

첫눈이 오기 전에
찾아보리라던 약속은
밤마다 꿈길에 찾아드는 고향
기다리는 인자하신 웃음이 번지고

낙엽이 수북하게 쌓인
조붓한 산길을 걸으며
그대를 그리는 마음에
나는 겨울의 외투를 차려 입을 게다.

가을 길에서

하늘쑥부쟁이의 맑은 눈동자에
오래된 그리움으로 꽉 찬 날
샛노란 황국을 재촉한
가을은 점점 깊어가고

짙은 향기의 숲길을 걷노라면
추수 후의 빈 밭에서 줍던
이삭줍기처럼 반갑게
기다리고 있을 오랜 친구 하나

물들어가는 단풍 숲은
먼 곳에서 오시는 손님이 되어
익어가는 가을을 듬뿍 안고
기우는 석양에 기다리는 님이던가

깊은 골짜기와 높고 푸른 하늘에
황홀함이 채색된 가을의 향연으로
보이는 곳마다 환호성은 터지고
맑게 비워지는 여승의 환한 얼굴이.

가을이 가는 길

맑고 엷은 햇살을 머금고
농익은 가을
투명한 유리 온실에 넣어
오래도록 기르고 싶다

하늘하늘 손짓하는 들꽃의 그리움에
햇살 따라 걷다 보니
멀리 떠나고픈 충동에 못이겨
구절초 하얀 들길로 접어든다

그대를 그리워하는
고추는 더욱 붉어지고
가을걷이에 여념이 없는 농부는
들깨 터는 도리깨질로 가을볕이 짧다

될 수만 있다면
밝은 가을을 고이 간직하여
쌀쌀한 바람이 부는 날
돌아오는 그대 목에 둘러주고 싶은데.

가을 풍경 하나

오후의 가을 햇살이 내려앉은
요사채 앞마당을 빗자루로 쓸어본다

딱히 더러운 것도 아닌데
빗질 자국이 좋아
마음을 쓸 듯 천천히 빗질하는 젊은 스님

속세에서 일던 번뇌라도 떨치듯
흩어진 풀잎을 쓸어 모아
한 가닥 연기로 피워 올릴 즈음
높은 가을 하늘이 푸르디푸르다

발은 허공에 뜨고
가슴은 흐르는 흰 구름을 따르니
구절초의 짙은 향기가 머리를 맑게 하는데
구불구불 코스모스 꽃길이 환하게 트이고

오늘 하루도 평온하게
집착하지 않으면
내일에는 온 산이 단풍으로 물들겠다.

보내는 늦가을에

호박꽃이
조용히 꽃잎을 접듯
시든 나무에 살던
장수풍뎅이는 왜 살고 있는지를 모른다

햇빛이 맑고
바람 시원한 날
등 떠밀려 흐르는 구름처럼
그럭저럭 하루를 넘기나 보다

어렵잖게 사는 동안
서리가 내리고
단풍이 지는 날이면
낙엽이 쌓이기 전에 떠나고 싶음이라

낙엽이 지고 흩어져 쌓이는
짧은 하루의 가을에
가냘픈 풀벌레소리를 듣노라면
마냥 그리워지는 지난 날이여.

산사의 가을 기도

밤 열차 달리는 소리가
먼 곳에서 들려오듯
끊임 없는 염원의 목탁소리에
하늘에 닿을 듯 가물가물 이어지는 염불소리

산사의 적막은
고요의 세월 속에 녹아들고
깊은 시름의 번뇌는
구름이 되어 흐르네

묵묵히 자리를 지키는 고목은
어제의 기억들을
한 잎씩 물들여 날리고
알록달록 무늬 진 시간들이 쌓인 뜰

지난 겨울 매서운 기운에
피부가 터지던 고통을 감내하며
가슴앓이를 삭히던 그때처럼
속세의 미련을 비우듯 기도는 종일로 이어지고.

가을 별

가을에 쏟아진 단풍나무 잎을
가을별이라 부르자
어느 녀석은 노랗고
또 어느 녀석은 붉은 얼굴로
바라보는 사람들의 마음을 흔들어 놓는다

내년 다시 오리라는 기약에
지는 햇살 받으며 수북이 쌓인 잎들이
마냥 섧기만 한 것은
한해를 또 보내는 엷은 마음으로
제풀에 외로워지는 늙은 심정

누가 알까
열심히 살았다고 하지만
가을 별들처럼 곱지도 못하고
시집 한 권 마무리 못한 아쉬움을
말없이 지는 단풍잎에 하소연이라도

예년에 비해 올 가을에는
더욱 고운 단풍의 잔치가

여기저기에서 화려하게 펼쳤건만
유독 오늘은 별처럼 쏟아진 단풍잎에
마음을 빼앗기는 두 눈에 아련한 기억을 더듬네.

풀잎, 바람에 눕다

5부

그대에게

묵은지와 친구

특별히 할 일도 없는 터
이른 점심을 위해
묵은지 한 포기를 꺼내 담아
밑둥만 싹둑 잘라내어
밥 한술에 김치 한 가닥 걸치니
질깃한 세월이 씹히네요

허연 뼈를 내보이며
수술대에 오른 친구
달그락 달그락 뼈 깎는 소리가
진한 포르말린 냄새에
긴장을 몇 겹 두르고 버티면
요즘처럼 갑갑한 시절을
물 말아서 훌훌 넘기고 싶습니다

묵은지에 입맛이 돋듯
나이든 사람들의
지혜가 돋보이는 시절
수술이 끝났는지
온통 붕대 감긴 친구는

지금도 중환자실에 누워 있습니다

어서 회복되고
전처럼 나오면
마음엔 평화가 오련만
쌀쌀한 겨울 바람이 마음을 시리게 합니다.

소꿉친구

까팡이 주워 모은 살림살이
남실바람 맞아 뒤웅 퍼온 찰흙을
양식으로 소꿉놀이가 한창이다

여보 당신 배역에 헷갈림이 머쓱해

수탉이 울며 홰치는 소리에
비워진 배는 시장끼에 젖어들고
놀던 친구들 제각기 제 집으로 찾아들면

햇볕 따스한 작은 집 놀이터에
마른 양식 흩어져 딩굴고
찬거리 풍성한 풀포기가 시들어 하얗게 마른다

그때처럼 혼자 된 아이 꿈속에
하늘에 지는 흰 구름 따라가네
봄날 오후에 놀던 그 예전의 소꿉친구들
지금은 몇 명이나 어디에 있는지.

허름한 인생

잘 살고
못 사는 일이
무엇인지 잘 모르지만

다들 나름대로
사람구실하며
살고 있는 게야

잘 났고 못 났다고
따지지 말고
함께 살아가는 이웃인 게야

뽐낼 것도 없으니
비굴하지도 말고
주어진 한평생 모나지 않게

제 몫을 다한 나뭇잎처럼
발자국 남기지 말며
때가 되면 붉게 물들어 홀연히 떠나는 게야.

가을앓이

색색으로 물든
단풍을 곁에 두고 신열이 난다
가을이면 앓는 병
무작정 떠나고 싶은 충동에
역마살이 돋는다

인생의 끝이 어딘지 모르지만
알면 알수록 동경하는 피안의 세계
거기에도 가을이 있고
가을이 되면 멀리 떠나고 싶을까

모르는 낯선 거리에 머물며
이방인이 되어
누군가 그리워할지도 모를

허튼 생각, 망상이려니
백포기 김장에 허리가 휠
우리 집 안주인의 가을은
자식들 겨울나기 준비에 여념이 없다

그래도
뚝뚝 떨어지는 낙엽을 보며
마냥 떠나고 싶은 지독한 가을병이다.

가을의 바닷가에

꽃게가 살찌는 계절
바다는 더욱 파랗게 손짓을 하고
수평선 저 너머엔
가고 싶은 세상이 거기에 있을까

마음을 열고 눈을 감자
달려가 본 저편 끝에도
그리운 이가 살고
애틋한 사랑 얘기가 있을 게야

정글을 지나고
열대 꽃이 무리지어 손짓하던
해맑은 소녀가 사는 곳
야자수 열매라도 조류를 따라올는지

해는 지고
밤이 깊어도
야광충은 뵈질 않고
해조음에 흔들리는 별빛만 차가운데.

가을이 지는 날

가을이 조용히 머문 날 지는 단풍에
여름이 베푼 은혜에 머리를 숙입니다

살아있다는 것만으로도
충분히 감사와 안도의 마음이
오늘을 보내는 일마저 보람입니다

흘러간 구름과 바람, 비와 햇살에 힘입어
봄부터 열심히 살았습니다
지나고 보니
고통스럽던 순간까지 아름답게 비치니
그 또한 행복이었습니다

가을볕이 무척 짧아졌어도
두려워하거나 조급해 하지 않으렵니다
영글어가는 꿈을 끌어안고
뉘엿뉘엿 지는 고운 햇살에
아름다운 인생의 맛을 고이 간직하겠습니다.

그대에게

그대는
내게
늘 그리운 사람입니다

세월이 아무리 흘러도
보고 싶고
같이 있고 싶은 그런 사람입니다

바람이 불거나
계절이 바뀌어도
처음 사랑하던 마음을 지울 수가 없어

소식을 듣지 못해도
다만 바라는 마음은
그저 건강한 모습으로 사세요

그대도 나처럼
세월이 흘러도
변치 말고 잊지 않으면 좋겠습니다.

가을 풀잎

가을 아침에
산을 배회하다 보면
곱게 물든 풀잎에 유혹된다

한 잎쯤
책갈피에 갈무리하여
언젠가는 나타날 고운 님에게 선물하고 싶었다

그때는
남자답지 않다고 놀림을 받아
물든 풀잎 한 잎 뜯어 몰래 간직했다

그 기억이 어디에 가든
가을이면 되살아나 평생
잊혀지지 않는 단풍으로 곱게 물들고 있다.

죽음에 대하여

날아간 영혼은 어디에 두고
주검만을 부둥켜안고 놔주질 않는지
떠나고 나면 남은 사람들의 몫은
제각각 생각이 다르겠지

보내는 방법도 다르리라
매장도 있을 게고
수목장도 있을 게고
물에 띄우기도 할 것이고
깊은 산에 뿌리는 사람도 있을 게다

현충원으로 가는 사람
선산으로 가는 사람
가족묘 찾아가는 사람
호국원으로 가는 사람
어디로 가든
몇 날이 가고 나면 잊히는 것

죽은 사람은 죽은 대로
산 사람은 살아가야 하는 것

엄숙해야 할 묘지 부근은
선뜻 가고 싶지 않은 죽은 이들의 휴식처
낙엽이 지고 마른 잔디가 눈물을 고이게 한다.

고랭지 채소 재배지에 가다

대단하다
영월군 상동읍 덕구리
여기까지 와서 농사를 짓다니
면적은 46만 평
경작지 고도는 해발 700미터 이상
최고로 높은 곳은 해발 1200미터
지상의 온도는 33도인데
경작지는 22도

농산물은 배추와 무
그리고 양배추이다
농막이 몇 채 있고
사월에 올라와 십일월 중순이면
하산한다고 한다

오는 길에
가리왕산 전망대를 경유하여
청평 미탄면 육백 마지기에 들렀다
이곳에는 풍력 발전기가 열대가 넘는다
고도 1178미터

한전과 육백 마지기 주인의 땅이다
수국 등 야생화 단지와
무 재배지가 있다
캠핑차를 몰고 온 여행객이 많다
기온은 28도 선풍기도 에어컨도 필요가 없다.

동치미

엄마 손맛
동치미 한 그릇에
막혔던 속이 확~ 풀린다

하얗게 썬 무 조각들
삭힌 고추 두 개가
무 이파리랑 실파로 어우러진

한겨울 식탁 가운데 놓인
살얼음 동동 맺힌 동치미 국물
입안에 침이 가득 고인다

이슥한 깊은 겨울 밤
찐 고구마에 곁들인
동치미의 옛 맛은 어디에.

겨울 아침

가랑잎은 서로 기대 앉아
까만 밤을 하얗게 새웠다

밤새 죽였던 호흡은
해가 떠야 숨을 돌리려는지

몸을 덮은 매서운 성애가
더없이 무겁다

푸르던 어린 시절이
행복처럼 멀리서 비추이니

쌀쌀한 바람에
지난날이 그리운 겨울 아침.

겨울 바람

한겨울 산자락에
바람이 분다
숲을 뒤흔드는 된바람이 분다

잘못 살아온 지난날 때문에
눈물이 쑥 빠지도록
사정없이 호통치는 듯
온 산을 휘몰아치며 바람이 분다

정신이 번쩍 나도록
매섭고 찬바람에
떨리는 가슴으로
반추해 보는 과거의 시간들

눈이 내린 후에야
솔빛의 가치를 알아내듯
모진 바람 끝에 다가오는 따스한 정
그래서 나는 겨울 바람이 좋다.

어떤 겨울 산행

꽁꽁 언 하늘이 풀린 날
모처럼의 산행을 그리며
눈 쌓인 겨울 산을 찾는다

산내음이 엷은
후박나무 숲길을
정적 속에 온갖 마음을 비우며
얼음 밑을 흐르는 물소리에
더운 입김을 뿜는 산행 길

지난 여름 곱던 낙엽들을 밟으며
능선에 걸친 하늘을 향해
한 발 또 한 발씩 오르는 산길
시원한 바람에
머리가 맑아지고
다가올 내일을 가볍게 하나 보다.

이별을 준비하며

오늘도 그저 보고만 싶습니다

만나서 차라도 한 잔 하며
담소라도 나눈다면 이 외로움이 풀릴 텐데
시간이 흘러도 마음뿐
다가가질 못하는 오늘이 마냥 외롭습니다

초겨울 김장하는 아낙의 마음은
즐거울지 몰라도
풀잎을 스치는 바람을 맞으며
저무는 한 해가 덧없이 흐르고 있네요

떠나야 할 시간이 가까워 옴을 느낍니다
고요 속에 평안한 마음으로
잠자듯 떠나고 싶음은 이 또한 덧없는 욕망
조그만 욕심에 눈먼 시간입니다

인연이 다 되었다고 훌훌 털고 싶은데
자꾸만 솟아나는 애착이
이리 깊은 줄 몰랐네요
어쩐 데요 욕심인 줄 알면서도 미련을 떠네요.

겨울이면 생각나는 일

바람 한 점 없는 겨울
흔들어 깨워도
깨지 않는 나무들
고요 속에 깊은 잠을 자는지

얼어붙은 하늘처럼
이유 없는 침묵에
입을 다문 채
또 몇 년이 흘렀다

봄이 오면 풀리듯
원망이 사라진
형제의 우애가
오는 봄과 함께 풀리면 좋겠다

살날들이 점점 적어지니
옛일을 생각하며
감아본 눈꺼풀에
어머니 얼굴이 슬픔으로 비쳐오네.

눈이 오시는 날

마음을
비우고자 하니
흰 눈이 내리는구나

줄탁동시의
깨달음은
못될지라도

산사에 눈이 내리는 날은
깨끗하고 고요함이 좋아
모두가 사랑스레 보이네

나의 스승은
어디쯤 계시는지
눈 오시는 날에 스승이 오시는지.

이별한 옛 친구에게

어제 밤하늘에는 별이 가득했어요
별들이 초롱초롱 빛나는 가운데
정다운 친구 얼굴 하나가 있네요

보고 싶었어요
까무잡잡했던 얼굴과
하얀 이가 변함이 없어요

요즘 천국 생활은 어떤지 궁금해요
친구의 허스키한 목소리가 들리는 듯
잔잔한 바람소리가 다정하게 들려요

거기에도 클라리넷 악기가 있는지요
같이 불던 '가슴을 펴고'가 들려오네요
함께했던 젊은 시절 꿈도 많았는데…

'밤하늘의 부르스' 트럼펫의 소리로
밤을 지새웁니다
이 밤도 안녕!

이별 그리고 작별인사

아주 먼 날에
오리나무 짙은 숲에서
들려오는 목관악기 소리
알로하오에

이별을 연주하며 흘렸던 눈물이
교정을 벗어나고 멋대로 자라면서
아기도 낳고, 손주도 안아 보고
어른이 되어 긴 세월을 보냈음에도
테네시 강의 둑을 수없이 넘나들고 있었다

지금쯤 살았을까, 하마 떠난 지도 몰라
그 때 처음 만나던 날
이색적인 눈동자와 코 그리고 살빛에
호기심이 오래도록 우리를 당혹하게 했지만
스텐드 칼라가 바람에 나풀거릴 때
지금도 그 때의 꿈을 꾸는지

알로하오에
구성진 이별의 노래에 아쉬움으로

오리나무 숲은 굵어지고 무성하게 자랐지만
이제 하나씩 둘씩 꽃다발을 던지며
흰 머리를 접네, 모두들 잘 가게.

●
여
적

태어난 지 엊그제 같은데 일제치하에서 해방도 맞고
6.25 한국동란에서 눈물도 배웠다
나비야를 부르던 초등학교를 거쳐 먼 학교 길을 걸어다녔다
"어머니 학교에 다녀오겠습니다"
인사말을 올리고 군에 입대하여 참모와 지휘관을 거쳐
파월군으로 월남전에 참전하여 전투도 했고
귀국 후 항재전장의 정신을 가슴에 담고
포병학교에서 강한 군대를 육성하기도 했다
십수 년의 군 생활을 거쳐 사회에 나와
밥벌이와 자식들을 키우는 데 열심히 살았다
퇴직을 하고 봉사활동으로 문화관광해설사로
또 십 몇 년을 보내며 평소 바라 시를 읊었다
많은 문인들과 사귐을 가졌고
수십 편의 개인시집과 동인집을 펴내며 오늘이 되었다
어제는 텃밭에 감자와 푸성귀를 심었다
앞으로 얼마나 살까
이제 가야 할 날을 셈해 보기도 한다.

풀잎, 바람에 눕다

•
지은이 / 황규환
발행인 / 김영란
발행처 / 한누리미디어
디자인 / 지선숙
•
08303, 서울시 구로구 구로중앙로18길 40, 2층(구로동)
전화 / (02)379-4514
Fax / (02)379-4516
E-mail/hannury2003@daum.net
•
신고번호 / 제 25100-2016-000025호
신고연월일 / 2016. 4. 11
등록일 / 1993. 11. 4
•
초판발행일 / 2024년 10월 15일
•
•
값 12,000원
•
•
ISBN 978-89-7969-893-0 03810